여름 참 예쁘지

박명수 시집

序文

참으로 아름다운 봄입니다. 자연은 저마다 앞다투어 고운 얼굴을 자랑하며 독특한 품위로 유난을 떠는 계절입니다. 꽃의 형태와 각색은 다르지만, 상큼한 향기와 품격으로 세상의 어두움과 적지 않는 갈등을 비웃기라도 하듯, 맡겨진 자리에서 처음 만난 인연처럼 정직하게 섬세한 율동을 노래합니다. 아름다운 자연을 노래하고 찬양한다는 것은 시인이 가질 수 있는 특권이며 보람입니다. 피조물의 배후에서 자연을 창조하시고 지휘하시고 연주하시는 하나님의 사랑에 깊은 경의를 표합니다.

저자의 시는 독자에게 눈을 주목하고 감동하게 할 만한 시는 못됩니다. 다만 저자로서 아름답고 완전한 단어를 모아 불완전한 문장을 만들어 독자에게 사유(思惟)하는 불편을 주지 않았다면 그것만으로 다행입니다.

저자는 될 수 있으면 상투적인 문장이나 진부한 표현을 피하고 사물에 대한 느낌과 상상을 기본으로 삼은 시입니다. 저자가 높은 산 같은 세파에 휩쓸리지 않고 살아온 것은 전적인 하나님의 은혜입니다. 에벤에셀 하나님께서 여기까지 도우신 은혜에 감사드립니다. 저자를 붙잡아주시고 막바지 인생의 여정을 시인과 목회의 길로 인도하신 하나님께 무한 감사합니다.

그리고 고락을 함께하며 기도와 응원을 해준 사랑하는 귀요미 윤하, 아내와 가족에게 감사합니다. 특별히 본 시집을 펴내도록 적극적인 지원을 해주신 대한기독문인회와 (주)대한출판 함금태 장로님께 깊은 감사를 드립니다.

2025년 봄, 명량교회 라일락 밑에서
박명수 (시인·목사)

목 차

1
혼자가 아니지

2

꽃이 들고 온 꽃

1

혼자가 아니지

여름이 여름에게

딱새 한 마리도
생을 마감하는 어두운 날에는
울음 한 조각도 어설피 남기지 않는 법
파리해진 목소리로도 짙푸른 녹음을 넓혀간다

날개 접은 뻐꾸기
천연덕스런 목소리로 아침을 묻고
저녁이 되어 아침을 놓아주던 목소리
내일을 연주할 악보 하나 어두운 밤에도 준비한다

계곡을 더듬거리는
가재 한 마리도 여름에는
번역기 하나쯤 달고 살기를
어제보다 더 내일 같은 오늘을 보낸다고

접시꽃이 원추리보다
더 넓은 꽃밭을 꿈꾸던 날
꽃보다 더 꽃 같은 삶으로 피어나기를
여름은 또 다른 여름을 내어주는 길목을 향한다

나도 때로는 나를 몰라
안타까워하는 나를 지우고 싶을 때
석양빛 단선 열차에 가벼운 몸을 싣고
쥐어진 한 장의 승차권에게 내 길을 묻는다

얇은 여름은 깊은 여름에게
뜨거운 얼음은 더 뜨거운 얼음에게
중저음 매미는 달구어진 대낮에게 묻는다
냉동실에 포박된 겨울을 꺼내는 날은 언제냐고.

주님 앞에서

사택 뜰앞
말없이 서 있는
작은 소나무

눈 무게에
짓눌려
감당 못 할 시간에

무게만큼
떨어내고
아침 해를 기다린다

주님 앞에 서 있듯이.

선운산 꽃무릇

더운 여름은
씀바귀보다 더 독한
소태나무를 각오하고
가을 햇살 속으로 빨려든다

용문암 머문
보따리 같은 추억
도솔산에서 서성이면
꽃무릇은 붉은 계곡을 채색한다

어둔 밤을 참아
질화로보다
더 붉은 화장을 하고
이슬 먹은 불화로를 토해낸다

천마봉 걸터앉은
그림자의 노동은
붉은 얼굴빛 부추기고
꽃무릇 결심은 나그네를 부른다

풀섶에 주저앉은
여치 한 마리
밤새도록 친구 기다리다
새벽을 찾아 그믐달을 만난다

만난 그믐달은
선운산 계곡에 녹아
별보다 슬픈 꽃무릇을 불러
파란 하늘 만나는 꿈을 꾼다.

눈꽃의 사명*

살아낸 용기
석양 맞은 하루살이처럼
끝나기 싫은 생애의 온도 차
지구의 표면 쓸쓸하게 해달라고

뿌리를 휘감아
흔드는 강풍 속에도
주의보를 먹고 사는 기쁨
바람 뒤 열리는 눈꽃으로 피어라

더운 바람
상처 속에 살아갈 길
밤으로 가는 바람을 다독여
고사리손 아침을 추억하는 기억

어둠을 열어
소망의 장작으로
군불 지펴 한파를 녹여
화염 품은 질화로처럼 피어라

홀로 피어나
이름 없어 슬픈 들꽃처럼
바람에 떨어지는 눈물은
생애의 마지막을 지켜주는 꽃

백설보다 하얀
이를 드러낸 배꽃처럼
불꽃 정직한 심장을 담아
역사를 부르는 희망으로 피어라.

* 사명(使命) : 맡겨진 임무

혼자가 아니지

파란 대추
붉은 가을 부를 때에
물까치는 대추 한 알 가을 물고
대추 한 알 말려 겨울을 준비하지

젓가락도 하나로는
일하기가 어렵지
둘이 하나처럼 미소 머금고
저인망 그물처럼 입안으로 노동하지

힘이 들어
주저앉아 고민 중에도
내 곁에 그림자는 졸지 않고
시선 내게 주목하여 날 끝까지 지켜주지

풍랑 일어
밀물 밀려드는 날
밀물 뒤에 반드시 썰물이 기다리지
썰물은 밀물을 훑고 풍랑 위를 잠재우지

냅킨도 둘을 뽑지
하나는 눈물 지우고
다른 하나는 눈물샘을 건들지
하나는 눈물을 닦고 하나는 눈물 만들지.

졸고 있는 세비*

졸리면
집에 가서 주무세요
피곤하면 집에 가서 쉬세요

졸리면 졸린 대로
피곤하면 피곤한 대로
방구석에서 혼자 주무세요

백성들
피땀 같은 세비
의사당 안에서 주무시네요

물의 일으켜 죄송해요
변명 궁색한 선량의 말
아니에요 이부자리 없어 죄송해요

깨진 바가지
쉴 곳 없어 찾던 곳
집 밖으로 나와 깨져 있네요.

* 세비(歲費) : 법률에 근거하여 국가에서 국회 의원에게 지급하는 수당 및 기타 비용

여름 참 예쁘지

구름
두들기면 비 내리고
비를 비틀면 햇빛 나오지

햇빛
벗기면 어둠 뿌리고
어둠 다독이면 새벽 반기지

까만 밤
달려든 매미 소리
데운 밤하늘 헤집고 들어가지

죽산 벌
후줄근한 비 뿌리면
다소곳한 콩밭 실컷 일렁이지

가시버시
빗줄기 속 껴안은 장수풍뎅이
지친 여름 곤충들이 시기하지

길 아닌 길
목적 없이 머문 구름
여름 만나 반가운 그늘 선물하지

뿌린 씨앗
훔쳐 먹는 산비둘기
불청객 뷔페 식단 여름 참 예쁘지.

목련화의 신념

꽃샘바람이 봄을 꺾어
시린 등골이 스멀거리던 밤
목련은 밤새 된서리로
몰매를 맞아 뒤척이더니
힘에 겨워 황갈색 꽃망울로 고개를 떨군다

한때는 시베리아 한겨울
겉옷 속옷을 차례대로 벗고
엑스레이도 모자라 시티 엠알아이
검게 그을린 악성 세포를 적출하기까지
참아낸 수치는 꽃망울 피우는 소망으로 살았다

들꽃은 앞다투며
꽃필 자리를 찾아 더듬거리고
왜 동백은 짚불처럼 시들어가는지
왜 수선화는 노란 고개를 떨구는지
목련은 된서리 깊은 상처를 설명하기도 아프다

사량도 동백꽃이 후드득 떨어지는 이유를
한산도 수선화가 수려한 고개를 숙이는지를

통영 앞바다 건져 올린 우럭은
생명의 기록을 명백히 알고 있는데
용산에 상륙 후쿠시마산 우럭이 독도에 입을 벌린다

역사를 지켜낸 독도는 된서리에
황갈색 입술이 자목련이 되기까지
북간도에 떠돌던 목련꽃이 되어
할퀸 흔적을 고스란히 뿌리에 묻고
동쪽 끝 파수대로 살아 한반도 역사를 지켜간다

꽃샘바람은
외투를 벗기지 못하지만
이슬은 된서리를 집요하게 말리고
동백 춤사위 끝 춘백으로 피워낸다
떨어져 내린 백목련 어깨 넘어 자목련이 피어난다.

한 줄기 희망이야

굵은 가을비로
찢긴 낙엽으로도
아침 두드리는 빛 투영되면
뢴트겐* 이륙하는 한 줄기 희망이라지

밤에만 우는 소쩍새
노곤한 몸 살얼음판에도
포기하지 않는 아침을 위해
괜찮다 주문을 포개어 수면한다지

겨울비
벗겨진 눈꺼풀은
자박자박 걷는 아이처럼
가파른 골목 한밤중에 울먹인다지

내리지 않는 비
우산 든 아이가 되어
캄캄한 바다에 주먹 쥔 손으로
안개를 거두어 불빛을 구속한다지

내리는 비도
추위로 슬퍼질 땐
굵은 찬비는 겨울을 품어
저물어 희어진 혈관으로 뒤척인다지

고된 하루
허벅지 빠지도록
폭설이 뒤쫓아 경수봉 막던 날
집요한 시름은 추적을 포기한다지.

* 뢴트겐 : 엑스선을 물체나 물질에 비추어 찍은 사진

바퀴야 미안해

삐그덕
거리는 아침부터
안개 가득 눈물 나는 날
온종일 멈추게 한 바퀴야 미안해

하늘 아래
머리를 든 민들레
앙증맞은 들꽃을 품어
다칠까 염려하는 바퀴야 미안해

침묵은
거대한 능선을 주물러
방황하는 불은 탐욕을 삼킨다
구르던 바퀴야 재갈 물려 미안해

불의 노여움
거대한 신음소리
산불의 아우성은 피 울음
진화할 수 없는 바퀴야 미안해

신음의
또 다른 이름
아프다 침묵으로 토하는
주인 찾지 못한 바퀴야 미안해.

너 폭설*아

차분한 눈꽃
추위를 껴안은 밤
만년설처럼 눈 질끈 감고
싹 틔우는 봄 길을 초대한다

뿌려질
때는 몰랐는데
눈물처럼 흘린 진눈깨비
물컹한 퇴비처럼 안쓰럽다

풀려지기를
포기한 설국의 긴장
밤새도록 흥겹던 꿈으로
어릴 적 눈썰매를 소환한다

정직한 눈보라
인두겁을 쓴 공정
기괴함 둔갑한 상식
하얀 세상 솔직을 보고 싶다

기상청보다
더 높은 곳에서
적설량 지시하는 기상도
폭설 틀어쥔 경보를 허락한다

따뜻한 함박눈
소음으로 지친 세상
덮지 못할 것 하나 없이
봄길 열어젖힌 폭설로 피어라.

* 폭설(暴雪) : 갑자기 한꺼번에 많이 내리는 눈

수선화의 고백

더 예쁜
얼굴 만나려면
마당 안 붉은 동백처럼
기다리는 수고도 알게 되잖아

눈치 없는 눈
내 얼굴 꺾으려
삼월 폭설로 시샘하지만
꽃샘추위 내 얼굴 색칠하잖아

봄볕에 흔들려
어설퍼 보여도
관객 없는 무대 밖에서
관객 많은 천국처럼 살아가잖아

인기척 없어
고요가 숨죽인 곳
누가 보아주지 않아도
웃어주고 알아주지 않아도

나 이 자리 여기 있을게
나 이 자리 여기 피울게

내 고운
얼굴 보고 싶거든
가슴속 비밀번호부터 풀어봐
닫혀진 가슴 열어야 만나잖아.

조심히 가라

다시
소생하기 어려운
수술 직전 아버지가
병상에서 아들에게 전한 말

조심히 가라
조심히 가
우리 아버지가 보고 싶다.

아가야

아가야
네가 어른이 되면
어떤 세상일까 궁금해

예쁜 아가
어른이 돼도
봄이 되면 꽃이 피고
가을에는 단풍 들면 좋겠어

우리 아가
살아가는 동안에
평범한 은혜가
당연한 일상이 되기를.

따뜻한 동백

무더운 날
곤히 잠든 나그네에
차창 밖 쏟아지는 햇빛을
커튼으로 가려주는 천사 같은 이웃

한겨울 새벽
추운 손 불어가며
독거노인 보일러 기름 넣어주는
이름도 없이 따뜻한 이웃으로 살기를

길고 긴 여름
인적 드문 갯바위
눈이 멀도록 청초한 꽃
바다를 지키던 참나리로 피어나

기다리는 봄
동박새 찾을 때까지
비바람 부대끼고 견뎌내
눈보라 속 붉은 동백으로 피어나

마지막
탐스런 추억
겨울을 나르는 심부름
봄날에게 기다리는 동백꽃 편지.

들어 올려진 봄

꽃은 봄을 태워
불러보는 이름만으로도
넉넉한 꽃의 이력은
수려한 자태로 상춘객을 부르고

작은 새는
새싹에 입맞추는 움직임
부둥켜안은 세월을 놓은 채
꿈꾸는 새마다 날갯짓이 허허롭다

개나리 두른 골
밤새도록 비벼댄 고라니
어스름 달빛 틈에 끼인 채
속살을 꺼내 보인 숲으로 달아난다

거칠어진 바다
지진처럼 울렁거린 화폭마다
엄마 품처럼 고요로 적시고
뜨거운 심장으로 측정 못 하는 꽃바람

길을 가다가
혼자일 때 가로수가 편들고
빛은 마음 따라 색깔 따라나서고
만약을 품은 길은 오던 발자국 기억한다

천만 근을
들어 올리는 크레인으로도
마음속 무게 들어올리기 어려운데
억만 근 마음속은 봄기운만으로 가벼웁다.

휑한 달팽이 눈

후미진 골목길
휑한 달팽이 눈은
저만치 안녕이란 말 제쳐놓고
일상의 도화지에 수채화를 시작합니다

분주한 햇빛에
근육들이 튕겨 나와
작업일지가 붉게 변할 때
멀어진 안녕은 밤이 되면 돌아옵니다

손발은 떨리고
눈 귀는 머리를 떠나
얇은 심장이 되어 힘을 잃을 때
까마귀는 어둑한 저녁을 준비합니다

수많은 순간
손에 쥔 몰염치들
기억하는 공간이 찾아오면
묻힌 무덤이 날파리처럼 몰려듭니다

내일이면
불 속에 던져질 들풀도
하지만 오늘만큼은 치마폭 넓은
가장 맵시 고운 옷을 차려입습니다

지나간 날
회한*이 먼지처럼 일어
족적*으로 남아 바둥거려도
고운 옷 미완의 수채화는 오늘입니다.

* 회한(悔恨) : 뉘우치고 한탄함
* 족적(足跡) : 발로 밟은 곳에 남아 있는 자취

밀알의 부활

땅에 떨어져
두개골이 깨집니다

땅속
깊숙이 파묻혀
어둡고 칙칙한 밤을 보냅니다

썩어서
냄새가 진동하고
먼지로 흩어지고 사라져갑니다

물이 흐르고
햇빛이 비추이고
따스한 기운이 울먹이는 날

그때 비로소
기도소리가 들립니다
새싹이 움트는 부활의 소리입니다

깨진 두개골에서
생명이 일어납니다.

아픔의 끝단

여름 장마철
태풍보다 더 질긴
가지에 붙어 있지 않고는
열매의 풍요를 만져볼 수 없습니다

새벽녘 서리로
이파리 시리도록
아픔 견뎌내지 못한다면
홍단풍 색조는 채색할 수 없습니다

물 한 모금도
다문 입술 횡단하지 않고는
식도에 다다를 수 없듯이
슬픔의 다리 건너지 않고
기쁨의 땅을 밟을 수 없습니다

슬픔과 기쁨 사이
망각의 시간 들이킨
강물이 모여 웅얼거리고
강은 새벽안개를 모아 출렁입니다

초승달로 시작하여
보름달로 건너려면
튼실한 반달 상판 하나 들고
그믐이라는 교각 가로놓아야 합니다

절망보다 깊은 좌절
지나고 나면 예쁜 추억
기쁨은 매운 고추보다 쓰린
슬픔의 마을에서만 사각거립니다.

풀꽃의 꿈

푸른 색깔 사이로
숨을 쉬다가 불현듯
황갈색 폭풍우 꼬임에 빠져
처연한 삶에 부대끼는 바다

엄마 찾다 지쳐
날개 접어버린 까치
저민 가슴으로 품어
화석보다 더 깊은 하루를 연다

굵은 눈물 같은 분신
가녀린 이슬처럼 살다가
벌 나비 손님에게 체념이란
명분으로 버텨낸 길 위의 순례자

상처가 커 갈수록
향기 진동하는 향나무
둥지 잃은 딱새를 부둥켜안고
서리 맞은 달개비는 향기로 젖는다

비바람에 가슴 울고
온 밤을 뒤척이던 날
관을 덮는 슬픈 심정으로
웃음 너그럽게 펼쳐 보이는 꽃망울

손잡지 않아도
외로움 행복 하나에
허공이라도 기꺼이 손을 잡은 넌
더 이상 풀이 아닌 풀꽃으로 살았다.

틈새가 보입니다

둥그런 동전처럼
굴려 가 마냥 주저앉고 싶을 때
구석지고 모서리진 틈새를 찾아갑니다

주체할 수 없는
슬픔을 감추고 싶어 할 때
어둡고 후미진 골목길이 제격입니다

브랜드와
재래시장 사이
가게를 기웃거리는 손님처럼
방황하는 상품들이 진열대를 서성입니다

오래된 엄나무는
가시가 돋지 않습니다
세월 속 엄나무는 분노의 틈바구니
질투의 틈 사이가 무디어진 이유입니다

굴러가는 돌에는
이끼 낄 틈 허락하지 않는다고

보는 이마다 피해 가는 크레바스*는
생명을 보존할 틈을 허락하지 않는다고

거대한 댐도
옹벽이 무너지는 이유는
미세한 틈에서 비롯되는 것처럼 오늘도
금 간 세상은 하여가(何如歌)*를 노래합니다.

* 크레바스 : 빙하가 갈라져서 생긴 좁고 깊은 틈
* 하여가(何如歌) : 조선이 개국하기 전 이방원(太宗)이 지은 시조 한 수.
　　　　　　　고려 충신 정몽주의 진심을 떠보고 회유하기 위해 읊은 시조.

쓰러져 간 금계국아

뭉툭한 바늘
수만 번 굴러 작은 틈새
물대포에 허우적거리다
풀풀 떨어져 버린 백남기 농민을 기억한다

금 간 콘크리트 옹벽
숨어있기도 버거운
바늘 같은 틈새 사이
금계국 노란 얼굴이 다시금 몸을 풀었다

이성 잃은 광풍
검은 까마귀 떼 앞세워
장대비 피바람 흉계를 감춘 채
고산천 금계국 군락 여지없이 짓밟는다

감추어진 적외선
짓눌린 압력은 또다시
노란 눈꺼풀로 숨이 막혀오고
곤봉에 채인 뻘건 선혈로 꽃등이 비릿하다

피리 불고
칼춤 추는 군주 앞에
곧은 붓은 박물관에 가보라고
주책없는 코브라들 기고만장 춤을 춘다

바늘귀 없는 바늘
몸 누일 방향 잃고
절벽 밑으로 떨어질 때는
바늘은 떨어져 나간 금계국 꽃술이 된다

쓰러져 간 금계국
죽은 듯 누워있으나
뿌리로 서로 딛고 줄기로 엮어
고산천 봄오는 날 꽃편지 답장 분주한 날.

감꽃 기다리는 밤

빛 고운 날
배잎 새싹은
입에 가득 배꽃 물고 나오고
배꽃의 삶은 튼실한 배를 갈망한다

어설픈 햇살은 아직
싸늘한 들풀을 다독이고
남모르게 피어난 들꽃은
쿵쾅거리는 심장 하나씩을 달았다

석양 속 빨려든 해
샛별 물고 나오고
새벽을 두들기는 금성은
옥양목 마당 비워두고 마실을 간다

썰물의 용기에
뒷덜미 붙잡힌 밀물은
썰물이 비워둔 근육으로
매일 역리*에 저항하는 꿈을 꾼다

잃은 딸 찾아
헤매는 멧비둘기는 밤마다
살점을 떼내어 백만 개 꽃눈을 달고
흘린 눈물로 변하여 쓴 민들레로 피어난다

감꽃 물고
나온다는 감잎 소식
된서리로 돌아오지 않은 화석이 되고
감꽃 기다리다 지친 동박새만 울부짖는다.

* 역리(逆理) : 살아가는 이치를 거스름

사연

사연이 없는 들꽃도
안개비가 내리는 날에는 아프다
들풀에 맺힌 물방울이
가슴 시린 상처 속으로
똑똑 떨어져 내리기 때문이다

매일같이 쏟아지고
역사는 사건으로 반복된다
탐욕 속에 지배당한
철판 같은 사람이란
스스로를 속이는 위선 때문이다

가슴으로 부르는 노래는
멈추지 않는 물레방아가 되었다
나의 노래는
가슴 속을 헤집어 놓은
반복되는 원심력으로 살고 있기 때문이다

사랑이 식어버린 인연
사연이 있는 사람은 슬프다

지나간 추억에는
어둠 속 바람이 되어
차가운 이끼로 덮여버린 이유다.

가시나무의 외로움

당신은 담장 밑에
겨울철 가시나무로 살다가
햇살 분주한 봄날에는
가시 틈 싹을 내는 엄나무로
촉을 틔우기를 갈망한다

가시에 찔릴까 봐
섣불리 다가서지 못하지만
오히려 풍차를 거인처럼
착각한 돈키호테 마음으로
스스로 가시에 찔려 구멍이 뚫린다

당신은 피부에 돋아난
뾰루지 하나만으로도 쓰리다
상처로 힘들어하는 심장은
추위에 더 이상 덮을 것 없어도
가시 하나만으로 견디기를 잘한다

사람마다 꺼내기 싫은
가시 하나를 품에 안고 살아간다

가시 끝이 나를 찌를 때는 아프지만
나에게 있는 가시가
남을 향할 때는 기억조차 않는다

국민학교 교정 앞
몸집 두꺼운 벚나무 체격은
반백 년 후 여전히 그 키로 서 있듯이
동창생들 50년 후 잔주름만 서 있듯이
서 있는 나무는 언제나 고독(孤獨)하다.

햇살 한 움큼

희뿌연 안개
칠흑 같은 어둠 속에서
햇살 한 움큼이 숨을 쉬고 있다
내가 잠보다 더 깊은 잠을 자고 있을 때
아직 어두워 분간 못한 공간 속에서
바람은 말씀에 의지한 채 점점 물이 되어간다

물은 끊어질 듯 다시 이어지고
병풍처럼 산과 바다 같은 경계로 나누어질 무렵
물은 또 다른 나를 만들어 햇살 한 줌이 들어온다

햇살 한 움큼은
툇마루 저쪽부터 걸어들어오지만
어두운 그림자를 수도 없이 소지한 채
언제나처럼 찾아와 인적없는 나그네가 되어
손과 발목을 붙잡고 물구나무서는 세상을 비춘다

검게 그을린 밤이 되어
돌을 베개 삼아 광야 같은 시간에 머물던 날
하늘 이어가던 사닥다리는 햇살 머금은 천사를 보여준다

변화산에서 걸어 나온 햇살 한 움큼
초막 셋을 거부한 채 빛난 구름이 되어 덮었고
죄악 속에 빠져 다메섹에서 헤맬 때도
햇살은 나에게 눈이 멀도록 메밀 같은 하얀 얼굴을 드
러낸다

그 빛은 내 피부보다
얕지 않은 껍질이 되어 제사장 얼굴빛이 되고
더 깊은 어둠에서 분리되어 세상으로 걸어 나온다
다시는 어둠이 필요가 없는 날이 찾아오면
푸른 옥 맑은 수정 같은 햇살 한 움큼은
세마포 옷으로 치장하고 영혼의 노래가 되고 천사가 된다.

강을 건너는 영혼

신작로 먼짓길 돌멩이도
혼자 구르는 법이 없으며
허공 같은 자리 지키다가 힘이 들 때면
누군가의 발뿌리에 채이기를 기다리는 꿈을 꾼다

때를 따라 새순을 입고
해를 거듭하며 죽음을 반복하는 들풀도
서 있는 자리가 힘들 때면 서로를 부둥켜안고
물오른 자리 비켜서서 개나리 피는 길목을 준비한다

푸른 추억은 갈잎을 껴입은 채
가장 낮은 곳으로 제자리를 찾아 떨어지고
지구 속을 파고들어 썩어져 무너져 내릴 무렵
누워야 할 자리 깊이 누워 새 옷 갈아입는 꿈을 꾼다

뙤약볕 아래 지렁이
수분 지키지 못한 방황의 늪에 빠져
힘들게 기어가다 말라 죽어가는 이유
묵직하게 짓누른 콘크리트 강을 건너지 못한 까닭

쫓긴 숫양이
수풀에 걸려 힘들어할 때
구절초 하얀 얼굴이 조롱하듯 말을 건넨다
자리를 떠나야 하는 명분 같은 눈물만이 흐를 뿐

숨이 가빠 힘들어
안개같이 희미해진 화보를 덮어둔 채
먼저 가서 자리 잡고 기다리겠다던 지팡이
둥지 잃은 까마귀처럼 영혼을 위한 강을 건넌다.

기도하는 동안

기도하는 동안
주님은 나를 만나 주시고
나의 마음을 만져주시고
나를 위로하시며 내 길을 인도하십니다

기도하는 동안
주님은 내 심장을 두들겨
주님 심장으로 만들어주시고
얼었던 마음 훈풍으로 살아나게 하십니다

기도하는 동안
주님은 내가 힘들어하는
삶의 무거움을 들어 올리시고
내 안에 근심의 산을 바다에 던지십니다

기도하는 동안
주님은 내 상황에 들어와
내 환경 속 깊이 개입하셔서
주님 뜻 가운데 깨닫는 지혜를 열어주십니다

기도하는 동안
주님은 내 선택의 갈림길에서
최선의 선택이 무엇인지 알게 하시고
선택과 집중의 길을 분명하게 제시하십니다

기도하는 동안
주님은 내 음성을 들으시고
내 목소리에 일일이 반응하시며
넉넉한 가슴으로 해결하며 응답해 주십니다.

2
꽃이 들고 온 꽃

가을 물고 온 채송화

젖은 가슴은
폭염을 품은 질화로
푸른 밤보다 더 깊은 어두움
은하수 가득한 별밤으로 피어나라

홀로 피어나
맵시 고운 저고리를 하고
비껴가는 햇살 시렁처럼 두르더니
안개 한 올 손잡아 입추를 엮어낸다

까마득한 세월
열대야 붙잡은 삳바
절벽에 기대어 상처 난 볼은
외로움을 간직한 담쟁이를 닮았구나

부끄러운 고양이들
득실거리는 대낮에
검은 발바닥 그림자에 깔려
뭉개진 그늘은 고단한 달빛을 품는다

뜨거운 심장
그을린 머리를 풀어
팔 없이 구월을 껴안은 너는
밀려온 파도처럼 가을을 물고 온다

더위를 덮을만한
소나기는 호미질로 그치고
자물쇠 푼 하늬바람을 맞아
펄펄 살아 고운 채송화로 피어나라.

쌍문동 외할머니집

지하철 4호선
노약자석 할머니
엷은 미소에 익숙할 무렵
뻘쭘한 손주는
쌍문역을 내려 외할머니집 가요

케이티엑스
호남선을 달려
싱싱한 청계 알로
익숙한 손주는 역사가 되고
시골 할머니 집 꼬꼬가 살아요

탑골공원
방황 둘러 입은 낙엽
들어가길 주저하는 황혼
공원에 푸른 봄이 찾으면
새싹을 꿈꾸던 햇빛으로 만나요

낙원상가 악기점
깔고 앉은 공원 서둘러

빠져나온 조율 음악
노곤한 겨울 부추기면
주름진 웃음으로도 눈이 부셔요

춘백 망울 웃고
개나리 부산 떨고
산수유가 밝히는 날
다섯 살배기 손주는
봄볕 화려한 날 어린이집 가요

방황하는 황혼
4호선이 깜빡이면
청계 병아리 분양하던 날
어린이집 향한 손주는
쌍문역을 내려 외할머니집 가요.

읽혀지지 않는 세상

누구나 한 번쯤
거꾸로 쓰인 시를 보고
해석되지 않는다고
해답 없는 문제로
대낮처럼 어두움과 씨름하지요

씨름은 밤을 붙잡고
읽혀지지 않는 땀방울은
날을 세워 달려들고
날밤은 뼈를 말려
해석 대신 소환장이 날아와요

찾지 못한 생명 찾아
십 년 강산을 뒤집고
가슴에 대못 빼려 헤집어도
풀 수 없는 매듭처럼
박힌 대못은 태산을 이루네요

꼬일 대로 꼬인
그물에게 네가 왜

꼬였냐고 야단칠 수 없듯
신춘문예 같은 시가 되어
꼬인 실타래는 갈수록 가관이네요

허리케인은
여름에만 오지 않듯
길들여진 들고양이
무늬만 변색된 집고양이 되어
구겨진 얼굴에 가부좌를 틀었어요

살아있는 동물은
짐승의 유전(遺傳)을 고집하듯
배은망덕*은 결초보은*을 비웃고
기역자 낫을 꺼내 풍차를 습격하듯
거인으로 착각한 돈키호테* 닮았어요.

* 배은망덕(背恩忘德) : 남에게 입은 은혜를 입고 배반함
* 결초보은(結草報恩) : 풀을 묶어 은혜를 갚는다는 뜻으로 죽어서라도 은혜를 잊
  지 않고 갚음
* 돈키호테 : 세르반데스의 소설 '돈키호테'의 주인공, 풍차를 거인으로 착각하여
  공격하는 과대망상가

영혼을 위한 시작

내 뜻대로
안 된다고 불평하지 말아요
어두운 밤처럼 기생하는 살붙이
절망하는 불만은 숙주로 커가잖아요

남겨진
사진첩에 꽂히는 눈길
과거를 불러 변명하지 말아요
회상 열차 탄 오늘이 덜컹거리잖아요

잘못된
과거를 후회하지 말아요
과거는 지나간 일의 그림자
밟을 일 없는 그림자 다시 밟아야 해요

봄이
온다고 좋아하지 말아요
곁에 핀 라일락 떨어지는 날
가슴에 담은 꽃향기도 날아가 버려요

잎새 마지막
떨어진다고 낙심하지 말아요
갈색이 스르륵 낯빛을 훑는 날
일렁이도록 고운 흰 눈 반겨주잖아요

아픈 몸
때문에 걱정하지 말아요
담쟁이잎 마지막 떨구는 날
화가는 영혼을 위한 시작을 그리잖아요.

* "오 헨리"의 소설 "마지막 잎새"를 사유화(思惟化)함

담장 넘은 접시꽃

포개진 맷돌은
숨 막힌 듯 한적하고
붉은 장미꽃 토해낸 줄기 끝은
대물 놓친 낚싯대로 대낮을 낚고 있다

질펀한 햇살은
마당 한켠 접시꽃을 앉히고
후줄근한 소나기의 바램은
넓은 얼굴 수국꽃을 땅으로 잠재운다

허브군락 향기에
녹아내린 라일락꽃
길게 누운 접시 꽃대 사이로
재촉하는 여름 닮아 얼굴빛이 영근다

일용하는 날갯짓
주인 잃은 제비 부모
전설 속에 묻은 박씨 꺼내
둥지 속 새끼 뱃속 눈 맞추기 분주하다

포박된 더위는
주인 시선 땀을 붙잡고
무성한 잡초는 박물관을 찾는데
돌아온 초대 손님 꽃 잔치로 반죽한다

다소곳한 꽃잔디는
백년초꽃 가시 품고
대문 휘감은 장미 넝쿨보다
키 높은 접시꽃은 담장 밖을 서성인다.

소망으로 살아요

어제를 내딛고 오늘을 사는 것을
오늘을 견뎌야 내일을 사는 것을
견디는 발걸음 내일은 소망이라
힘든 날 지나면 내일은 소망이라

비가 오면 비에 젖어 살아요
눈 내리면 눈을 즐겨 살아요
바람 불면 부는 바람 맞아요
폭풍의 끝은 언제나 소망이라

어제의 그림자는 오늘 사라져가도
오늘 그림자는 내일의 작품인 것을
어제의 그림자 오늘을 그리는 소망
오늘의 그림자 내일을 그리는 소망

비가 오면 비를 맞고 즐겨요
눈 내리면 좋은 일만 기억해요
바람 불면 바람 따라 함께 가요
비바람 마지막은 언제나 소망이라

소망으로 살면 오늘이 축복인 것을
소망으로 살면 오늘이 행복인 것을
나에게 주어진 오늘을 은혜로 살면
나에게 주어진 내일이 소망인 것을.

목련 찾은 지빠귀

죽산 들판
내려앉은 기러기 넋두리
요즘 새싹은 예전 같지 않아
입맛이 부드럽지 않아 까칠하다고

명량 산자락에
서해안을 휘젓는 까마귀들
던져진 고깃배는 화석이 되고
새만금 두들기는 삽질 뼈마디 아프다

독수리 한 마리
포식자의 시선은
깊은 땅 내리꽂은 비수는
서쪽 하늘로 떨어져 동쪽을 기다린다

서러운 한파로
떠나보낸 기러기는
모닥불처럼 철쭉으로 타올라
입 다문 동백 비집고 얼굴을 내민다

멍든 가슴앓이
쭈뼛한 머리를 하고
봄볕을 밀고 나온 목련화
곁을 품은 라일락 숨결이 향기롭다.

걸어 나온 5 · 18

5 · 17 토요일
중무장한 채 불심검문
광주를 빠져나간 시외버스
진해 면회 온 부모 검색대 뚫은 사랑

여명에도
더욱 검붉게
흘러내린 사슴 눈물처럼
죽음보다 깊은 상무대의 비명

금남로 두드린 총성
도청 앞 분수대를 막고
관 품은 상무관 태극기는
식지 않은 선혈 홑이불로 변명한다

기억조차
버거운 깊은 상처
무덤 속 두려운 4 · 3의 역사도
작별하기 싫어서 제주에 상륙한다

약자를 향한
강자 폭력의 지평선
유난히 푸른 가을 하늘은
유럽을 시작으로 부끄러움 드러낸다

서랍에
다급히 넣어 둔 5·18
장엄한 소설로 장전된 채
한림원 두드리는 오늘 소년이 온다.

* 필자의 시는 24년 10월 10일 노벨문학상 수상자로 선정된 한강 작가의
  시집 "서랍에 저녁을 넣어 두었다", 소설 "소년이 온다. 작별하지 않는다"를
  소재로 쓴 시입니다.

주저하는 바람

고양이 한 마리
닭장 지붕에서
빈 하늘 아래 배회하고
젖은 땅에 내려오기를 머뭇거린다

밤이면 병아리
공격하는 날짐승으로
실눈 뜨고 새끼 품은 암탉
휑한 눈으로 거적 같은 아침을 벗긴다

생명을 붙잡고
실랑이하는 바람도
까치가 아침을 먹을 때는
어설픈 소리로 간섭하지 않는데

잃어버린 슬픔은
땅이 꺼지는 고통으로
걸려있는 이름을 뒤로하고
끈 떨어진 연이 되어 시간 속에 방황한다

매일 걷는 산책길
이웃 마을 왕씨는
노곤한 지팡이로 80년을 묶고
뒷짐 진 두 팔은 지난 세월을 붙잡는다

아침을 먹던 까치
젖은 땅 거부하던 고양이
새끼 걱정에 애타던 암탉도
바람 멎은 날 민들레 진액으로 바둥거린다.

녹아내린 여름

매미 노래 속에
맺힌 땀방울이 있거든
들려진 일기장에 스며들어
별밤 우렁우렁 모인 잔칫집에 초대하겠다

맨발보다
더 따가운 기억은
장마 뒤 깊은 포트홀로 남고
빠져버린 여름은 무뎌진 다리 쉬어간다

비릿한 습기
꼬리로 남아 흔들리는데
코스모스는 파란 가을 입에 물고
수채화보다 더 깊은 하늘을 데려온다

새벽달은
은하수 깊은 늪에
출렁이는 반딧불로 희미한데
여명을 염려하는 야행성 동물 닮았다

더위에
질척이던 여름도
때가 되면 문풍지가 되어
가냘픈 기억만 갈대처럼 흐느적거린다

잡초 뒤에
다소곳이 숨어든 채송화
한나절 피서왔다 피어난 꽃무릇
맞닥뜨린 하늬바람에 여름이 녹아내린다.

봄을 먹습니다

봄을 만납니다
봄을 그린 목련으로
봄을 장식한 매화로 봄을 만납니다

봄을 만집니다
봄을 데운 포근함으로
연두색으로 뿌려진 봄을 만집니다

봄을 듣습니다
봄을 타고 흐르는 시냇물
대지 올라오는 봄 소리를 듣습니다

봄을 노래합니다
봄을 보낸 천사를 노래하며
움 피어난 난초의 봄을 노래합니다

봄을 마십니다
봄을 띄운 꽃차 한 모금
봄을 실은 향기 고운 봄을 마십니다

봄을 먹습니다
봄을 묻힌 냉이로
봄을 당기는 달래로 봄을 먹습니다.

하늘 간 동생에게

육신의 몸을
홀홀 벗어버리고
천상으로 떠나가 버렸구나

동생 있을 때는
정녕 몰랐는데
빈자리 만져지니 이제야 알았구나

눈에 넣어도
아프지 않을 자녀를 두고
염려를 껴안은 채 하늘로 향했구나

사월의 상처는
검은 연기처럼 서걱이다가
응답 못 하는 페이스북을 등졌구나

하늘의 별이 되어
밤하늘 떠 있을 고운 동생아
거칠 것 없는 천상 깃털처럼 누려라

내 동생아
참으로 고마웠다
멀지 않은 주님 부르시는 날

가슴 벅찬
기쁨으로 다시 만나자
영광의 그날 아침에.

추억 수첩

매일의 낱장이
포개지고 덮여서
어느 누가
내 삶의 두께보다 두껍구나

동아줄보다
질긴 상처가
너울 같은 파도로 남아
생애 질량에 넘쳐 넘는구나

처음 한 발
내딛는 걸음
발걸음 묻힌 추억
진흙탕 묻힌 기억 무겁구나

안타까운 마음
눈물 나던 한때에
뒤돌아본 그림자 어두워도
추억은 친구처럼 그립구나

어제는 추억
오늘은 기억
내일은 희망
쌓이는 추억 두꺼운 수첩.

솔새 손님

시인의 마을에
귀한 손님이 찾아왔네
미조로 이름 붙여진
노랑배솔새사촌

그 손님
보기 위해
하루 종일 북새통

외딴 섬마을은
손님을 맞으러 축제 중.

침묵

찌르고
침 뱉고
조롱하고
비난하는 소리

주님은
그 앞에
기쁨을 위해
십자가를 지셨습니다

주님,
침묵을
닮아가게 하옵소서.

꽃이 들고 온 꽃

새싹으로 시작되던 날
꽃 피우지 않으면
물고 나온 시선도 잊은 채
품은 열매 꺼내지 않기로 다짐했지

말라버린 시간
한순간도 멈추지 않는
파도 위에 스며든 함성처럼
앞만 보는 줄기찬 일상으로 살았지

장수라는
사치스런 이름 떼어
뙤약볕에 던져진 풍뎅이로 살아도
폭서*를 자랑삼아 하늘만을 지켜왔어

포기한 더위에
화살촉 닮은 넝쿨은
아침보다 더 시린 옷을 입고
블랙홀 빠져나온 생명으로 즐겼어

떠다니는 구름
스스로는 힘이 없어
떠돌기 싫은 비로 내리고
바람 한 올은 대쪽 본능을 닮았지

홀로 떠난 길
가느다란 줄기 붙잡고
밤보다 더 깊은 밤이 찾아오면
기다리던 열매는 꽃 뒤에 꽃피웠지.

* 폭서(暴暑) : 매우 심한 더위

쇳대 하나

매일 아침
광문 열던 시어머니
아침 지을 쌀 한 됫박
고봉 깎아 며느리에 건네든 일상

한여름 원두막
군것질 생각나서
겉보리 한 바가지 퍼낼 때도
열쇠는 뒤주 속 눈금자를 기억했다

파 뿌리 된 며느리
건네받은 쇳대*는
허리춤에 무뎌진 채 매달려
어둑한 밤 지켜낸 파수꾼을 닮았다

서릿발로
덥혀진 들녘을 식히고
뙤약볕 콩깍지 열리는 소리
마당 가득한 비둘기 부리 분주한데

무거운 손
열쇠 움켜쥔 백발은
호흡 짧아진 자물쇠를 열어
노곤한 몸 누일 석양을 붙잡는다

무너진 장막 집
든든한 쇳대 하나
붙잡을 필요 없는 날
식혀진 심장은 가을 끝을 향한다.

* 쇳대 : 자물쇠를 잠그거나 여는 데 사용하는 물건. '열쇠' 의 방언

빨대 꽂은 말벌

나비 한 마리
입맛 다시는 입술을 하고
화병에 꽂힌 서양란에 놀라
마뜩잖은 꽃술 찾아 식욕을 더듬는다

뿌리 없이 심긴
장식용 소나무 이파리에
예전처럼 익숙해진 포복으로
삶은 진액 빨아먹는 송충이들 머문다

솔잎 풀풀 떨어져
교회당 문 앞에만 전전하고
뽑혀 사라져 갈 소나무의 마지막
석양보다 깊은 시름으로 서산에 떨어진다

머지않아 펄펄
겨울은 봄비로 쏟아내리고
뒷산에 잘려진 소나무 밑동은
잘려 나간 분신 움을 켜는 봄을 해산한다

뿌리 없어도
인조 향기로 살아간다고
머리 비틀어 만든 소박한 꿈
아픈 얼굴하고 줄기 없이도 살아간다고

삶은 진액만
빨아먹던 송충이들 여행
꽃술에 빨대 꽂은 말벌의 고집
희미해진 동공 무거워진 머리 땅을 향한다.

부레 없는 물고기

거친 바람에
핏빛 상처 송진을 머금고
맨살 드러낸 꺾인 솔가지
손톱 밑에 박힌 장미 가시보다 쓰리다

오뉴월 뙤약볕에
속살을 꼬집는 바람 한 올도
때로는 천둥 같은 위력으로
적막한 바다 동공을 여는 눈물이 되어간다

우물 벽을 지키는 이끼 일상
매일처럼 우물 안을
드나드는 두레박만 멍하니 바라볼 뿐
새벽닭 울음 몰라줘도 하늘만을 고집한다

물을 머금은 물고기
부레 없이 물에 익사하는 날
귀가 열려 닭 우는 소리 들리고
입술 부르틀 때까지 노래하는 날 찾아온다

부러진 솔가지
단단히 잠가버린 가슴속
우물 밖 꿈꾸지 못한 이끼 한 가닥
부레를 달아달라 사정해도 소용없는 날

까치 한 마리는
아물지 않는 상처로
부레가 필요 없는 두레박처럼
물기 머금은 새봄 비상하는 하루를 건져 올린다.

체념*을 넘어서

눈 내리는 날
떼 지어 나는 기러기는
눈보다 더 고운 눈 맞으러
눈발 시린 기억은 안중에도 없습니다

불길한 징후들
새벽 열차 뒤 칸에는
체념의 잿더미만 수북한 채
매캐한 절망은 여객실에 가득합니다

날줄 씨줄로 엮어
슬픔과 기쁨은 교차되고
고단한 날 축축한 둥지는
편견의 격자에 갇힌 하루를 위로합니다

을사년 정월은
끌려가는 캐리어 가방
침묵으로 떨어지는 햇발은
앙칼진 폭포수처럼 질문하지 않습니다

새해에는 예쁜
촛불 하나 밝히고 싶은데,
별 하나 찾아보고 싶은데,
비틀거리는 시선은 새해를 고정합니다

새해에는 고운
시집 한 권 사보고 싶은데,
꽃씨 하나 심어보고 싶은데,
허공은 그네처럼 내민 손을 붙잡습니다.

* 체념(諦念) : 품었던 생각이나 기대, 희망 등을 아주 버리고 기대하지 않음

지팡이의 슬픔

지팡이 한 자루
무거운 시간에 기대어
몇 달이 지나도록
병원 향한 주인을 기다린다

거칠어진 손길
놓쳐버린 지팡이
봄비로 마음을 담그고
검은 밤을 버티다 잠이 든다

달그락거리는 소리
빈 그릇을 확인한 들고양이
스스로 발소리에 놀라
두꺼운 입술이 되어 하루가 간다

어느 날
나무 지팡이는 사라지고
집안에 들어온 새로운 지팡이가
힘을 과시한 채 주인집 문 앞을 지킨다

수의 찾아온 멧비둘기
문밖에 기다리던 지팡이가 일어난다
수의 찾은 비둘기 여행길
지팡이를 무시하고 오던 길 재촉한다

한 달이 지나고
일 년이 백번을 거듭해도
돌아올 일 없는 주인을 알고 있는지
지팡이는 미이라가 되어 화석처럼 굳어진다.

이삿짐

버리고
간 것은
쓰레기 보따리

남기고
간 것은
추억의 보따리

힘들게
따라간 것은
살림살이 보따리

꼭꼭
누를 수 없어
시간 밖으로 흘러나와
이별 껴안은 가슴 보따리.

날밤 지샌 황탯국

기름기 진한
육개장을 먹는 것보다
맑은 물 황탯국이 시원하다

시간이 없어도
할 수 있는 여유가 있고

시간 많아도
하지 못하는 핑계도 있다

육개장처럼
얼큰하게 살다가
황탯국처럼 시원하게 떠난다

떨구던 슬픔
쏟아지는 아픔보다
고사리 없는 육개장이 고민한다

검은
리본 너머로

고사리 없는 육개장은 졸고
황탯국 걸음걸이 날밤을 지새운다.

아합 같은 발톱

삽시간에 닭장 안이 동요한다
떨어진 미사일은 괴물 같은 신음으로
일곱 마리 닭이 순식간에 아수라장
포도원은 대낮을 가장한 어둠으로 구겨져 간다

아합의 발톱으로 구워낸 미사일은
폭풍처럼 키이우 밤공기를 가로질러
잠에 취한 암탉의 곤고를 짓이겨
마른 낙엽처럼 제멋대로 구겨간다

수탉 한 마리 벼슬을 곧추세운다
울고 있는 억새풀 가슴은 어둠 속에서 떨고
갈잎은 힘없는 존재가 되어 새벽을 기다린 채
식어버린 체온 고르지 못한 맥박을 들춰낼 뿐

반석에 물을 내는 기적은 요원하고
아침에 내린다는 만나의 기적은 벽장 속에서 머물고
파편 조각은 하늘 우박이 되어 떨어져 발등 위에 무성
하다
악랄한 헤게모니 크렘린은 아합의 발톱이 되어

파괴의 무덤 같은 마지막 단추 새벽마다 일어나는 꿈을
꾼다

날벼락 같은 공격에 대응하는 키이우*
곤고한 시선만이 땅으로 향하고
지키지 못한 포도원 낙심하는 나봇의 슬픔이 된다
끊임없는 탐욕은 크름다리*가 되어 무너지지만
멀지 않은 날 발톱이 제거된 아합의 몰골은
개들에게 던져져 보응을 보게 될 날 거울처럼 선명하다.

* 키이우 : 우크라이나 수도
* 크름다리 : 크림반도와 러시아를 잇는 다리

서성이는 창(窓)

누구나 눈 밖에 서성이는
마음의 창을 하나씩 달고 살아간다
창은 닫을수록 시선에서 멀어지고
열면 열수록 헐거워진 단추처럼 가깝다
열어젖힌 창밖은 냉수 한 대접마냥 시원하다

가위눌린 마음으로는
생각의 지평을 넓힐 수 없듯이
망가진 시선으로는
신념의 안목으로 바라보지 못한다

하늘로 향한 창을 열면
책갈피 속에 숨죽이고 있던 글씨는
천로역정 크리스천 주인공이 되어
뚜벅뚜벅 창문 안으로 주인처럼 들어온다

마음을 지탱할 수 없을 때
잠 못 이뤄 뒤척이는 내 마음을
문틈 새 새어 들어온 미세한 바람조차
광야에 선 다윗보다 힘이 들 때도 있으랴

이기심을 보지 못하면
철판을 구워 천근처럼 무거워도
뻔뻔하고 낯 두꺼운
철부지로 살아가는 모습이 처절하다

열면 닫을 사람이 있고
닫으면 열 사람이 있는 것이 다행이다
눈밖에 서성이는 분이 마음에 들어오셔서
그는 창을 여닫는 주인이 되기를 기다리신다.

흙으로 목욕을

우리는 한결같이
집을 나와 온몸에 흙먼지를
뒤집어쓰고 온종일 목욕한다

좀 더 넓은 구덩이를 파자
더 깊은 흙을 헤집자
흙이 닳아 없어질 때까지
흙으로 세수하기를 주저하지 않는다

말쑥한 차림
목적 없는 개미가 되어
입술에 기름기를 바르고
흙먼지 가득한 밥상을 목표 삼아
한적한 몸에 문신 같은 기록을 채색한다

하루 종일
배고픈 닭 입술은
흙먼지가 쌓여갈 즈음
심한 딸꾹질을 부채질하며
목젖이 내려앉도록 입속까지 목욕을 한다

구덩이 속 둥지에
새싹이 땅을 진동하는 날
쓰리도록 아픈 상처가 도지는 시간
흙먼지 뒤집어쓴 수탉 구덩이를 빠져나온다

퇴근길 집을 찾아
무거워진 날개 들려질 무렵
무디어진 손발은 흙 같은 어둠 속에서
별밤을 지나 새벽 만나도록 목욕은 계속된다.

풀꽃

색깔 사이로
생명이 숨을 쉬고 있는 너
외로운 삶이 녹아 있는 바다

어느 때 어느 곳
가녀린 이슬처럼 피었다가
굵은 눈물로 뚝뚝 떨어지는 날
녹아내리다 그리움 가득한 들판

비바람으로 가슴 저미고
온 밤을 뒤척여도
나그네에게 한결같이
웃음 던지는 이름 없는 들꽃

손잡지 않아도
다시 일상 속으로
다가와 기꺼이 손을 잡는
너는 더 이상 풀이 아니다

후드득

내리는 소낙비에
망설임 없이 받아주고
무서리에도 웃음 잃지 않는
그 자리 지켜주는 꽃 중의 꽃.

반겨주는 바람

어둠에 갇힌 금계국은
눈이 따갑도록 보채는 가로등으로
고개 숙인 할미꽃처럼 흐느적거린다

새벽이라는 바람
바람이 하늘에서 내려오는 곳
노란 머리 금계국은 하늘을 품는다

숲을 빠져나온 날다람쥐
바람 같은 햇빛을 만나
아스팔트 위에서 비틀거린다

숲속의 나무들은 서로를 부추기며
한결같이 어깨동무하고
선잠 깬 참개구리는
바람 앞에 왕눈 같은 눈을 껌뻑인다

바람이 다가오면
바람으로 날아가고
바람이 불어오면

바람으로 비껴간다

호젓하게 서 있는 이팝나무
찾아온 바람과 손을 잡고
흰 이 보이도록 다소곳한 꽃술은
바람과 함께 흩뿌리며 동행하는 인연이 된다.

3

눈물의 근육

엄마 송편

송편 안칠
솔가지 꺾어와라
엄마 목소리

큰똥뫼 소나무 꺾다
뱀 또아리 소스라쳐
놀란 기억 여전한데

엄마 손 송편 맛은
어디로 달아났을까.

눈물 흘리는 바다

산허리 밭두렁
가녀린 달래 줄기
모종용 비닐 곽을 비집고
버거워진 흰 목을 꺾은 채
뚫린 울음을 하고 슬픈 바다를 향한다

플라스틱 병뚜껑
아귀 입을 지나
어두운 터널 속에서
질긴 원유(原油) 입에 물고
숙명 같은 타액을 유감없이 삼켜간다

식어버린 얼음 조각
핥다 지쳐 헐떡이는 북극곰
눈앞에 연어를 목격한 날
끈적이는 아이스크림을 먹다
배앓이하는 아이처럼 힘없이 주저앉는다

곰 등위에 앉은
고독한 직박구리

실 끈 묶인 발목을 하고
무너진 빙산에 머리를 맞아
방향 잃은 항구에서 빛 없는 낮을 보낸다

대왕문어 실험실
버려진 물은 가자미로 살아
먹이사슬은 문어발을 녹여

횃불같이 타는 큰 별*이 되어
문어 머리 입에 물고 깊은 바다로 떨어진다.

* 횃불같이 타는 큰 별 : 성경 요한계시록 8:10을 인용한 말로 세상 말세의 징조
　　　　　　　　　　　를 나타내는 표현

여름 사냥

인적 드문
깊은 산골 폭포 밑
짙어가는 녹음 한 아름
강을 만나기 전 계곡에서
갈증 난 피서객을 마음껏 주무른다

벌거벗은 아이들
계곡에 뛰어드는 목소리
무거운 손발보다 먼저
흘러내린 땀을 붙잡는 여름
강바닥을 더듬는 버들치를 게워 낸다

사라진 원두막
빈자리 비닐하우스
수박덩이는 강렬한 여름을 쪼개고
시원한 카페를 찾은 가족들
입에 걸친 팥빙수 시름의 보따리를 푼다

시도 때도
알 바 없는 장맛비

밤나무 묘목 넘어선 개망촛대
질긴 여름보다 더 무성한 잡초는
한나절 예초기를 불러 낫질을 기다린다

부는 바람을
붙잡은 실외기는
선풍기 날개를 걷어차고
시린 바람을 사냥하는 날
콤푸레샤 열기는 북극성 얼음 불러온다

집중치료실에서
갓 올라온 무인실 환자
어젯밤 악몽보다 힘든 꿈
다시는 중환자실 내려가지 않기를
악몽 끝나는 날 병실 나선 꿈을 사냥한다.

열무김치 보따리

흰 고무신에
달라붙은 빗소리는
열무김치 보따리에 자박거리던 날
모양성* 밑 자취집 반찬 풍성하던 시절

엄마 떠난 실내화
퇴색한 먼지로 세월을 덮고
봄비에 추근대는 멜라초로 피어
해진 고무신 느슨한 기억만 붙잡는다

불러보는 엄마
떠나가기 싫은 신발
경로당에 줄을 서고 엄마 소리
평생을 듣지 못한 할미꽃이 아프다

요양원 건물보다
높은 은행나무 꼭대기
둥지 속 까치 울음은
솜털 같은 엄마처럼 여름을 탄다

화석처럼
굳어진 굴피나무 사이로
옷고름 단정한 무명 치마를 하고
넓은 얼굴이 하얀 구절초가 서 있다

딱따구리 입술로
쪼갠 자작나무 하얀 숲
검은재나무로 산을 덮을 때까지
딱따구리 벌건 입술은 열무김치 닮았다.

* 모양성(牟陽城) : 전북 고창읍성 사적 제145호

가을로 오시지요

낡은 담벼락
펼쳐가는 담쟁이의 근육
햇살에 지친 여름의 끝단에
붉은 잎 염장한 가을로 오시지요

바다 위를
쉼 없이 걸어가는
파도의 고단함도 가을은
쪽빛 휴식 같은 썰물 부르지요

빨랫줄 널린
생선 바라보다
졸고 있는 고양이의 망상
쉼 찾아 누일 곳은 가을이지요

그늘진 주름
젖은 홍시의 비명
물까치 떼 부리 노동력은
가을을 두들기는 소리 핥지요

동백을
따라나선 수선화
비켜선 라일락을 불러
예쁜 가을에 꿈같은 봄 꿈꾸지요

단풍은
햇살 그윽한 날
떨어져 가을 쌓기 위해
그리도 맑게 예쁜 꽃 피우지요.

길이 길에게 대답하다

무거운 새참 거리
머리에 인 아낙네
써레질로 얇아진 논둑길
거미줄 외줄처럼 용케도 건너던 길

세월 앞선 트랙터
잰걸음 농삿길을 바꿔놓고
조금만 돌아가도 못 참는 자동차길
내키는 대로 논밭 잘라 지름길로 대답한다

먹잇감 찾아
분주한 오소리 고라니
혼란스런 세상사 머리가 흔들려도
설정된 기준 밖 길 벗어나지 않는다

아침을 깨워
마실 갔다 오는 다람쥐
돌담 밑 고목 뿌리 곁을 지나
어제 오간 그 길을 이탈하지 않는다

수술을 기다리는
꺼져가는 불씨
마음 벌써 회복실에 자리하고
절박한 생명 길 터널에서 손을 벌린다

출발지는 묻지 않고
목적지만 묻는 내비게이션
길은 길에게 생애를 대답한다
출발 길은 자유 같지만 마지막은 물어보라고.

가녀린 채송화

줄기 붙잡은 망촛대
흔들거리던 기생초
태풍 훑고 간 자리
신부 얼굴처럼 단아한데
박혀있던 전봇대가 뽑혀 눕는다

거센 바람에
휘어질지언정
부러지지 않던 대나무
검은 입 갈아 먹고
스스로 무너져 길을 막는다

궐련(卷煙)보다 독한 담배
틀어쥔 호흡은
마른기침 다독이고
조깅화 뒤꿈치를 밟은 채
새벽 공기를 찢어 슬피 운다

한바탕 내린
굵은 빗줄기

비명횡사한 암탉 무덤
별일 없다는 듯 아침은
파란 땡감 하나 나뒹군다

땡감보다 떫은
채송화 뿌리는
벽체와 대리석 사이
생명의 목줄을 붙잡고
화가를 불러 생명을 설계한다.

기울어진 운동장

당근과 채찍이
포장지로 싸 오던 날
당근 보존 기한 응급실행 요원*한데
밤낮 불어대는 나팔은 동토처럼 앙칼지다

흑은 백보다 백배 더 희고
백은 흑보다 천배 더 검은 질량
구둣발은 백지 위에 물구나무선 채
입 틀고 물린 재갈 하얀 혀를 녹여낸다

비바람 어둑한 밤
삽과 곡괭이는 흙을 부수어
돌아오지 못할 기울기를 비집는데
뜯긴 인부 마음은 거푸집만 헤집는다

선물과 뇌물 사이
등골 올라탄 영수증은
법복에 숨긴 채 저울추를 비틀고
목 꺾인 코브라는 현란한 춤을 춘다

가둠과 풀려남의 간극
죄인과 무죄 사이의 무게추
천 길 물속 깊이는 지피에스에 떠는데
죄질의 깊이는 핀둥이처럼 천연덕스럽다

변명 같은 23.5도
기울어진 운동장은
떠내려가는 장맛비 등 뒤에서
징징거린 울음소리 흙탕물만 토해낸다.

* 요원(遙遠) : 아득하게 멀다

삶은 해석입니다

대낮에
매서운 시간을 몰아
하루를 힘껏 두드려도
풀려진 신발 끈만 저녁을 반깁니다

밤하늘 샛별 하나
별똥별 보고 달려가다
슬픈 사랑에 기댄 새벽
빛바랜 별 하얀 기억을 붙잡습니다

아침이라는 선물
포장지 가득 노동을 담은 꿈
어둑한 밤이 기다릴 때까지
눈꽃송이 희어진 밤 아침을 맞습니다

파도에 떠밀려
밀려가는 돛단배처럼
영혼의 근육이 식어질 때
헤아리지 못한 삶은 애처롭습니다

여닫이문
걷어차인 찬바람에
힘없이 주저앉은 12월
해석 못 한 달력 한 장 펄럭입니다

손주 옹알이도
해독 못 하는 주제에
신의 뜻을 해석하는 무지*
지나가던 기러기가 끼룩거립니다.

* 무지(無知) : 아는 것이나 지식이 없음

비틀거리는 총구

머슴에 맡긴
살림은 무기가 되어
비틀어진 총구로 주인 가슴을 향했다

번지수를
잘못 찾은 헬기 편대
중무장한 군인들은 주인집에 난입했다

색안경 낀 머슴은
주인을 향하여 범죄자 집단
체제 전복 반국가 세력으로 덧칠했다

칠흑같이
깊은 밤을 맞은 주인은
덧칠한 달무리 벗겨진 새벽 붙잡는다

봄이 오기 전
햇살 기다리는 주인은
밟을수록 일어나는 보리밭을 기억한다

반국가 세력
향한 총구는 색안경 찢겨진 채
범죄자로 낙인찍힌 자신의 목을 향한다

타오르는 촛불은
노도가 되어 타올라서
갈대처럼 흐느적거리는 총구를 꺾어간다.

떠나가라

고향 땅
갈대아 우르를 버리던 삶
가나안에 믿음 심은 아브라함

그랄에
국적 없는 태풍을 묶고
땀 젖은 이마를 훔치던 이삭

등 뒤 브엘세바
고독한 길 사닥다리 환상
유랑 절치부심 하란 땅 야곱

등진 고향
애굽에 버려진 노예
질컥이던 늪 운명을 건 요셉

배들은 뭍에
모든 것을 버려두고
주님 따르던 열두 제자의 꿈

애착을
버리고 떠나가는 삶
은혜와 기업이 머무는 곳
영원한 안식처 하나님 나라.

마스크 특명

필요 없는 말을
너무 많이 하였으니
필요한 말만 하고
제발 무거운 입으로 다녀라

건강에 나쁜 공기
너무 많이 들어갔으니
유익한 공기 들이켜고
얼마 동안 입을 가려 차단하라

먹어서는
안될 음식
필요 이상으로 과식했으니
입을 당분간 틀어막고 살아라

세 치 혀로
살리는 말보다
상처 주는 말을 자주 했으니
입을 닫고 한동안 재갈을 물어라

눈 코 귀 입
손과 발 마음속
마스크로 감각기관 가리는 날
마스크로 특명하는 날 전쟁도 끝나는 날.

바람의 무게

날아오른 갈매기
힘에 겨워 쳐진 날개를 하고
하강하며 내려오는 것은
짓누른 시샘의 무게 때문이다

푸른 화초가
갈잎이 되기까지
찬 이슬을 머금은 것은
바람맞은 삶의 비중 때문이다

더워진 바람은
견디기 힘들어 비로 내리고
차가워진 공기는
쓸쓸함 때문에 눈으로 내린다

시린 마음속
바람의 무게만큼
더 가벼워진 몸으로
비로 적시고 눈이 되어간다

바람의 무게는
삶의 상처만큼 무겁고
상처는 깊은 각질이 되어
살갗을 헤집고 가슴을 부추긴다.

샛별 품은 동백

가는 겨울
마지막처럼 아쉬워
동백꽃에 기억을 담은 얼굴
채색한 편지 한 장 기다리는 목련화

눈보라
무거움 뚫은 홍매화
동박새 다시 봄을 찾으면
편지 받은 목련은 자색 옷을 입는다

새벽바람
솔깃한 문풍지
폭설에 놀란 동백의 군락은
군불 땐 아랫목처럼 따뜻한 적막감

서리꽃*
어둑한 밤을 녹여
야윈 동박새 심장에 꽂아
가슴 뜨거운 동백꽃 혈관을 품는다

느낌 없는 일상은
허기진 졸음처럼 노곤하고
생존의 그늘은 독한 자외선으로
파선한 선박처럼 방황으로 철석인데

후드득
꽃봉 떨어진 동백
동백은 까마귀 검은 날개를 접고
눈물 머금은 새벽처럼 샛별을 품는다.

* 서리꽃 : 유리창에 얼어붙어 꽃처럼 보이는 무늬를 이르는 표현

반가운 분

벤치 위에
붉은 단풍잎들이
옹기종기 걸터앉았어요

벤치 옆은
더 넓어 보였어요
반가운 분이 오셨어요

예수님이
같이 앉자 하시네요.

달큰한 꿈

말갛게
조신하게
가지런히
내려앉은 봄

달큰한 꿈
꽃 이야기 찾는
동박새 같은
눈빛으로 너를 부를게

파도보다 억세게
새싹보다 애틋하게
비비다가 떨어져 간
뭇별보다 눈부신 너를 만날 게

세월에
찔린 상처마다
시간의 연고를 바르고
무딘 상처 새살 돋는 꿈
새벽 향한 별 하나 준비하잖아

무엇을 보느냐
무엇을 바라느냐
무엇을 기다리느냐
꿈은 오늘 끝나지 않아

대청 마룻바닥
퍼지는 햇살처럼
잠시 비껴가면 어때
내일이면 또다시 찾아오잖아.

의의 종

주님은 내 삶의 전부입니다

종은 주님 종된 신분과 자격을 순종합니다
종은 평생토록 주인의 분신입니다
종은 주님에게 변명하지 않습니다
종은 무슨 일에 이해하며 일하지 않습니다
종은 주인의 도구로만 가능한 삶입니다

나는 하나님의 종 의의 종입니다
종은 항상 준비되고 즉시 행합니다
종은 대가로 일하기보다 기쁨으로 일합니다
강제적으로 일하기보다는 사명감으로 일합니다
의의 종은 사탄의 공격도 보호받을 수 있습니다

머슴은 사정과 이유를 주인에게 묻지 않습니다
이것이 순종이며 믿음이고 이것이 의의 종입니다
그리스도의 제자는 억지로 종된 사람이 없습니다
그저 그 일이 기쁘고 좋아서 그리스도의 종입니다
예수 그리스도를 믿는 것은 이런 것입니다
주님의 종, 의의 종은 그래서 행복합니다

예수 그리스도의 종 된 삶은
천하보다 귀하고 값진 삶입니다.

붙박이 배추밭

익어가기 전
물로 흘러내린 감
고개 떨군 주인은
덕장에서 멀어진 후
배추밭 포기들만 수군댄다

싸리재 넘어
새벽 찾은 물까치
젖은 실개천에 몸을 씻고
감잎 끝 눈물을 찍어
꺾인 나뭇가지 노동을 삭혀낸다

걸터앉을 만큼
낮게 저민 안개
엄마 손 놓친 사슴처럼
타는 심장만 저려오고
주인 잃은 배추밭에 서성인다

하늘 아래 충렴골
녹아내린 감나무

응답 없는 전화처럼
허공에만 착신되는지
끊긴 전화벨은 말 잊은 지 오래다

먹구름 짓누르면
해 뜰 날 기다리고
세찬 바람 부는 날엔
바람 잘 날 찾아온다고
음지는 양지된다 햇살이 손 내민다

낙과 잃은 감나무
내년 다시 감꽃 피어나고
길 잃은 철새도
물 한 방울에 힘을 얻는데
배추밭 포기만은 붙박이 되어간다.

라일락에 전하는 말

누가
알아주지 않아도
제비꽃은 보라색을
용기 있게 노래하지

누가
바라보지 않아도
시린 겨울 동백은
붉은 얼굴을 내밀지

누가
도와주지 않아도
매화는 언 땅을 녹여
예쁜 봄날을 출산하지

그러나
누군가 알아주고
누군가 바라보고
누군가는 꽃밭을 응원하지

움 돋는 소리
스스로 놀란 홍매화
라일락에 전하는 말

누군가
이맘때면 반드시 깨워주지.

눈물의 근육

출생으로 시작된
거룩한 전해질은 삶의
빗장이 열리고 어두워질 때까지
적시는 눈물은 근육으로 일렁입니다

건져낸 늪 속
탐닉한 먹잇감을 향해
슬프듯 게워 낸 악어의 눈물은
불쌍을 가장한 거짓의 눈물입니다

갈 곳 찾는 승냥이는
체념한 눈물을 핑계 삼아
단련된 근육은 상처를 덮고
자괴감 매료된 어금니로 살아갑니다

태연함을 가장한
눈물 없는 악어의 눈매는
단단한 양심을 어금니로 찢어
파렴치한 승냥이의 피눈물로 보입니다

강물은 언제나
파수꾼처럼 날밤을 지키듯
갈등하는 점액질은 시름을 안고
울컥한 근육은 슬픈 미간을 애도합니다

별은 덫에 걸린
어둠을 사냥한 빛으로
진눈깨비 서걱이는 율동을 닮아
눈물 뜨거운 근육은 순결을 노래합니다

손짓하지 않아도
말 한 톨 내뱉지 않아도
눈가 적시는 적막한 떨림 하나로
불 꺼진 세상 진실 하나 들어 올립니다.

꽃다발 같은 봄

봄은
꽃다발 같은 거대한 수목원
개나리 산수유 수선화 노란 머리

백목련 이팝나무 하얀 등불은
계곡마다 환하게 밝히고
수목원에 선혈 같은 튤립 군락
입술보다 더 붉은 철쭉으로 시립니다

아카시아가
귀룽나무에게 말합니다
산수유가 치자나무에게 말합니다
이팝나무가 조팝나무에게 말합니다

세월은 늘어선
시간에게 말합니다
시간을 지켜낸 꽃들에게
봄은 갈등의 궤도에 저항하고 있다고

마중 나온 금낭화는
까치발로 도열을 하고
연분홍 화장으로 꽃다발을 엮습니다.

울 어머니

시집온 새색시
치맛자락 던져둔 지 오래
무릎 닳아 기운 몸뻬 바지
갯벌에 절어 산 지 반백 년 세월

보리밥 찬물 말아
소금 반 새우젓 반
허기진 배 목구멍에
쇠스랑 두엄 찍어 던지듯

눈 비 속 갯벌 나가
조개 캐고 조개 까는 일
아래 걸 대살구텅이*
밤낮없이 쌓여가던 조개껍데기

그 많던 조개껍질
땅으로 꺼졌는지
하늘로 솟았는지 그 땅 위에
노란 민들레 한송이 피어났다.

* 아래 걸 대살구텅이 : 장소를 나타내는 고유 명사

나는 네가 아니잖아

너는 머리부터 넣어
셔츠를 입지만
나는 두 팔부터 셔츠를 입지

너는 북적이는
시장 골목을 즐겨 찾지만
나는 오붓한 오솔길을 좋아하지

너는 왼발부터 넣어
바지를 입지만
나는 오른발부터 바지를 입어

지빠귀는 이른 아침
개울가를 찾아 목을 적시지만
유리딱새는 대낮에 더운 얼굴을 씻지

아침에 퇴근해도
그림자는 낮을 닮아 설치고
저녁에는 그림자도 잠을 자지

왜 그러지
나는 네가 아니잖아
하나뿐인 작품은 둘이 아니잖아.

함께 살아내기

물을 찾던 승냥이도
깊은 어둠 속으로 돌아갈 때는
더 이상 갇힌 밤을 돌아보지 않아
고독이란 친구를 싫어하기 때문이다

외롭다
말하는 것은 사치
허전하다 고백하는 것은 낭비
친구가 울적한 날 때로는 짝이 된다

쓸쓸함에
투정 부릴 즈음
그 친구 불현듯 떠나게 되면
그리운 친구는 또다시 하나가 된다

세상에 홀로 걸어가는 사슴은 드물다

혼자만을
주장하는 자연인도
홀로를 견뎌내는 고라니도

산 계곡을 넘나드는 신선한 바람도
적적한 산허리를 감아 함께 살아간다고

메아리도 혼자는 고단해
뒤를 따라가는 메아리가 응원한다고.

슬픈 가을의 소묘(素描)

색깔 고운 등산복
가을을 두르고
지팡이질 쾡한 두 눈
이슬 떨어내는 발자국
다람쥐 청설모 가슴만 아린다

배달된 문예지
첫 장 낯선 시어들
떨어질 듯 붙어 다니는
각질 일어난 발뒤꿈치
그림자가 그림자를 묶는다

달구어진
여름 무게만큼
가벼워진 가을 들어 올려
귀뚜리에게 변질된
음색으로 정장을 입힌다

여치보다
가는 목소리로

아침 안개 불러
날맹이*부터 빗질하여
갈색 수채화로 묶어낸 은천골

전화 한 통
기다리다 지친
소쩍새 밤새 울고
다시는 울지 않게 된 날
소쩍새 장막집은 보이지 않는다.

* 날맹이 : '산마루' 의 방언(전북)

참나리 꽃

토양도 필요하지 않았어
그저 마음만 있으니 거기에만 필 거야
시장기 달래려 유리새 꽃술 먹기 전
영롱한 자태에 취해 그만 돌아가 버렸어

수분도 필요하지 않았어
그저 시간만 있으니 거기에만 필 거야
밀려갔다 밀려오는 반복의 순간들로
 하루 종일 안개비, 과학은 밑창을 깔아버렸어

착한 햇살만이 필요했어
그저 한적한 갯바위, 거기에만 필 거야
이성은 차디찬 골방의 연기 수준
광섬유 뿌리가 바위를 부숴버린 노동이었어

파도 부서지는 공간만이 필요했어
그저 누가 와서 올려다보는 거기에만 필 거야
생명의 힘은 이미 다 알아버린 수험생의 진실
나도 분홍 얼굴하고 섬마을 역사를 기록할 거야.

해
설

한겨레신문 기고문

(수정 2023-01-30 10:45 등록 2023-01-30 00:10)

"무엇이든 고쳐주던 '월산리 박 반장' 갈수록 그립습니다."

- [기억합니다] 故 박준기님에게 올리는 아들 박명수씨의 글 -

아버님은 생전에 "내 친구들은 벌써 증손자를 무릎에 앉히고 자랑하던데 나는 언제쯤이나 될는지 모르겠구나"라며 자주 혼잣말처럼 되뇌셨습니다.

이웃 친구가 증손자를 본 것을 시샘하는 말씀입니다. 마침 반가운 소식이 들려왔습니다. 손주며느리가 아기를 가졌습니다. 아버님께서는 이제 증손주를 보게 되었다고 얼마나 좋아하셨는지 모릅니다.

그런데 호사다마라고 했던가. 그 몇 달 뒤, 아버님은 갑자기 담도 결석으로 수술을 받게 되었습니다. 그 길로 회복하지 못하신 채 여든여섯 해 삶을 마감하셨습니다. 2020년 7월이었습니다. 그런데 아버님이 세상을 떠난 뒤 79일 만에 증손자가 태어났습니다. 끝내 증손자를 안아보는 소망은 이루지 못한 채 가신 겁니다.

1935년 태어난 아버님은 어린 나이에 할아버지께서 일찍 돌아가시고 4형제와 함께 어렵게 자랐다고 하셨습니다. 결혼하고도 가정 형편이 나아지지 않자 고향을 등지고 저와 바로 아래 동생을 데리고 경기도 가평으로 이사했습니다. 부모님은 두 분 다 일을 해야 했기에 어린 자녀를 집주인 청년에게 맡기고 아침 일찍부터 나가셨습니다. 아버님은 하루 종일 숯을 구워 서울 인근 시장에 내다 파셨고, 어머니는 화전민의 야산에서 채소를 키우거나 산나물을 뜯어다가 아침 일찍 열차를 타고 서울 인근 노점에서 파셨습니다.

그러다 아버님에게 심각한 질병이 찾아왔습니다. 병명조차 알 수 없었습니다. 병·의원을 찾아다니며 치료를 받아 보았지만 전혀 차도가 없었습니다. 결국 부모님은 가난을 해결하지 못한 채 가평 생활을 접어야만 했습니다. 그런데 다시 고향 고창으로 돌아오니 그렇게도 힘들게 했던 질병이 깨끗이 나았습니다. 아버님은 워낙 손기술이 좋고 재주가 많으신 분입니다. 고향에는 아버님 기술이 필요한 일은 얼마든지 있었습니다. 목수, 이발, 보일러 수리, 두부 제조 등 못 하는 것이 없으셨습니다. 생전 사시던 집도 아버님이 직접 손으로 지었습니다.

아버님은 어머님을 먼저 떠나보내신 뒤, 13년 동안 손수 끼니를 챙겨 드시며 홀로 사셨습니다. 하지만 젊은 사람들 못지않게 항상 적극적이며 능동적으로 사셨습니다. 건강을 위해서 움직여야 한다면서 소소하게 채소나 과일을 재배하셨고 말년에는 염소를 키우셨습니다.

그 좋은 재주로 주변 사람들을 많이 도와주셨습니다. 고향 동네 이웃들 대부분은 노인층이어서 생활에 불편한 일이 발생해도 수리할 사람이 없습니다. 아버님은 동네의 유용한 일을 처리하고 수리해 주는 일을 도맡아 하셨습니다. 주민들이 부르면 아버님은 그 즉시로 달려가 무보수로 처리해 주셨습니다. 보일러, 전기 배선과 스위치, 가전제품 연결, 수도나 하수구 뚫기 등등 어디든 달려가 해결해 주는 '월산리 박 반장' 같은 분이셨습니다. 아버님이 소천하시기 2주 전까지 옆집에 있는 블록 담장을 친히 쌓아주셨다 합니다.

돌아가시고 나서야 자식 된 도리를 다하지 못한 것 같아 참으로 죄스러운 마음입니다. 아버님은 홀로 사시면서 병이 들어 아프셔도 우리들에겐 내색하지 않으셨습니다. 6명의 자녀들이 잘사는 것만을 자랑스럽게 여겨주셨습니다. 부모님의 깊은 사랑을 이제야 절감합니다. 부모님이 돌아가시면 "하늘이 무너지는 고통"이라 해서 "천붕"이라 말합니다. 해를 거듭할수록 생전의 손

떼 묻은 물건을 볼 때마다 아버님이 더욱 그립습니다. 아버님이 수술 뒤 병상에서 하신 마지막 말씀은 "조심히 가라, 조심히 가"였습니다. 그 아버님이 보고 싶습니다.

[시작(詩作) 창작 배경]

1. 여름 참 예쁘지

구름
두들기면 비 내리고
비를 비틀면 햇빛 나오지

햇빛
벗기면 어둠 뿌리고
어둠 다독이면 새벽 반기지

까만 밤
달려든 매미 소리
데운 밤하늘 헤집고 들어가지

죽산 벌
후줄근한 비 뿌리면

다소곳한 콩밭 실컷 일렁이지

가시버시
빗줄기 속 껴안은 장수풍뎅이
지친 여름 곤충들이 시기하지

길 아닌 길
목적 없이 머문 구름
여름 만나 반가운 그늘 선물하지

뿌린 씨앗
훔쳐 먹는 산비둘기
불청객 뷔페 식단 여름 참 예쁘지.

[해설]

유난히도 지난 여름은 습기가 많고 무더운 날씨가 이어졌습니다. 비는 내리지 않는 가뭄 속에 타들어 가는 죽산 들판을 보면서 농민들의 걱정과 시름을 느낄 수 있었습니다. 그런데 한여름 무더위에도 살아 움직이는 모든 자연과 식물 또는 생물은 신기할 정도로 활발한 본능을 유지하고 활동한 것을 발견하게 됩니다. 한 치의 양보도 없고 순리를 거스르는 일이 없이 자연에 순응하며 활발하게 활동하는 생물 또는 식물을 관찰한 대로 표현한 시입니다.

2. 담장 넘은 접시꽃

포개진 맷돌은
숨 막힌 듯 한적하고
붉은 장미꽃 토해낸 줄기 끝은
대물 놓친 낚싯대로 대낮을 낚고 있다

질펀한 햇살은
마당 한켠 접시꽃을 앉히고
후줄근한 소나기의 바램은
넓은 얼굴 수국꽃을 땅으로 잠재운다

허브군락 향기에
녹아내린 라일락꽃
길게 누운 접시 꽃대 사이로
재촉하는 여름 닮아 얼굴빛이 영근다

일용하는 날갯짓
주인 잃은 제비 부모
전설 속에 묻은 박씨 꺼내
둥지 속 새끼 뱃속 눈 맞추기 분주하다

포박된 더위는
주인 시선 땀을 붙잡고

무성한 잡초는 박물관을 찾는데
돌아온 초대 손님 꽃 잔치로 반죽한다

다소곳한 꽃잔디는
백년초꽃 가시 품고
대문 휘감은 장미 넝쿨보다
키 높은 접시꽃은 담장 밖을 서성인다.

[해설]

필자는 목사로서 김제에서 목회하고 있지만 종종 고창에 있는 고향 집을 방문합니다. 집에 내려갈 때마다 부모님 생전에 반기시던 모습이 생각납니다. 특별히 자주 내려가지 못하고 오랜만에 방문하게 되었습니다. 대문을 열고 들어가는 순간, 엄청나게 자란 키가 블록 담장 밖으로 얼굴을 내민 수목을 발견합니다. 비교적 키가 작은 수국, 허브군락, 백년초는 아담한 모습 그대로 주인을 반기지만 장미꽃, 접시꽃, 라일락꽃은 키가 자라 블록 담장을 넘어서 주인을 반기는 모습처럼 보였습니다. 키가 작은 수목은 수목대로 제자리를 굳게 지키고 있었습니다. 하지만 키가 커서 담장 밖을 내려다볼 수 있는 식물은 식물대로 담장 밖에 일어나는 일을 목도하고 서로 질서를 유지하고 교감하는 모습을 표현한 시입니다.

3. 꽃이 들고 온 꽃

새싹으로 시작되던 날

꽃 피우지 않으면
물고 나온 시선도 잊은 채
품은 열매 꺼내지 않기로 다짐했지

말라버린 시간
한순간도 멈추지 않는
파도 위에 스며든 함성처럼
앞만 보는 줄기찬 일상으로 살았지

장수라는
사치스런 이름 떼어
뙤약볕에 던져진 풍뎅이로 살아도
폭서*를 자랑삼아 하늘만을 지켜왔어

포기한 더위에
화살촉 닮은 넝쿨은
아침보다 더 시린 옷을 입고
블랙홀 빠져나온 생명으로 즐겼어

떠다니는 구름
스스로는 힘이 없어
떠돌기 싫은 비로 내리고
바람 한 올은 대쪽 본능을 닮았지

홀로 떠난 길

가느다란 줄기 붙잡고

밤보다 더 깊은 밤이 찾아오면

기다리던 열매는 꽃 뒤에 꽃피웠지.

* 폭서(暴暑) : 매우 심한 더위

[해설]

무더운 여름철에 장수풍뎅이가 교회당 앞 콘크리트 바닥에 죽어있습니다. 얼마나 더운 날씨였던지 곤충도 견뎌내지 못한 날씨였습니다. 그런데 무더운 날씨에도 죽지 않고 강력한 생존 본능을 유지한 식물이 있었으니 그 식물이 바로 호박입니다. 교회 사택 앞에는 블록 담장이 쳐져있는데 담장 중간에 블록 하나 크기 정도로 빈 공간이 있습니다. 그런데 담장 너머에 심은 호박 줄기가 블록 담장의 빈 공간 속을 비집고 넘어 들어오게 된 겁니다. 줄기가 블록 담장 공간으로 들어온 것도 신기한데 거기에서 예쁜 호박꽃이 피더니 호박까지 열린 것입니다. 호박 줄기가 넘어 들어와 3일이 지난 호박 줄기에서 예쁜 호박꽃이 피었습니다. 마치 호박 줄기라는 꽃이 호박꽃을 들고 온 것처럼 표현한 시입니다. 무더운 여름철에 죽어가는 곤충의 나약함을 비웃기라도 한 듯 호박의 생명력은 결국 "꽃이 들고 온 꽃"이 되었습니다.

4. 지팡이의 슬픔

지팡이 한 자루

무거운 시간에 기대어
몇 달이 지나도록
병원 향한 주인을 기다린다

거칠어진 손길
놓쳐버린 지팡이
봄비로 마음을 담그고
검은 밤을 버티다 잠이 든다

달그락거리는 소리
빈 그릇을 확인한 들고양이
스스로 발소리에 놀라
두꺼운 입술이 되어 하루가 간다

어느 날
나무 지팡이는 사라지고
집안에 들어온 새로운 지팡이가
힘을 과시한 채 주인집 문 앞을 지킨다

수의 찾아온 멧비둘기
문밖에 기다리던 지팡이가 일어난다
수의 찾은 비둘기 여행길
지팡이를 무시하고 오던 길 재촉한다

한 달이 지나고
일 년이 백번을 거듭해도
돌아올 일 없는 주인을 알고 있는지
지팡이는 미이라가 되어 화석처럼 굳어진다.

[해설]

노년의 권사님은 모범적인 신앙인으로 살다가 93세 연세로 별세하셨습니다. "지팡이의 슬픔" 이라는 시는 권사님이 요양병원에서 3개월 정도 계실 때, 집 주위의 적막감을 시로 표현한 것입니다. 권사님을 기다리며 문 앞을 지키던 지팡이, 그리고 주인의 먹이를 먹던 들고양이들 기다림의 수고, 권사님 생전에 방 안에 준비해 놓은 수의 한 벌, 결국 집으로 돌아오지 못한 권사님은 요양병원을 마지막으로 손수 자신이 준비한 수의를 입게 되었습니다. 그리고 들고양이들과 지팡이의 기다림을 화석처럼 이별하고 권사님은 돌아오지 못할 강을 건너셨습니다.

5. 붙박이 배추밭

익어가기 전
물로 흘러내린 감
고개 떨군 주인은
덕장에서 멀어진 후
배추밭 포기들만 수군댄다

싸리재 넘어
새벽 찾은 물까치
젖은 실개천에 몸을 씻고
감잎 끝 눈물을 찍어
꺾인 나뭇가지 노동을 삭혀낸다

걸터앉을 만큼
낮게 저민 안개
엄마 손 놓친 사슴처럼
타는 심장만 저려오고
주인 잃은 배추밭에 서성인다

하늘 아래 충렴골
녹아내린 감나무
응답 없는 전화처럼
허공에만 착신되는지
끊긴 전화벨은 말 잊은 지 오래다

먹구름 짓누르면
해 뜰 날 기다리고
세찬 바람 부는 날엔
바람 잘 날 찾아온다고
음지는 양지된다 햇살이 손 내민다

낙과 잃은 감나무
내년 다시 감꽃 피어나고
길 잃은 철새도
물 한 방울에 힘을 얻는데
배추밭 포기만은 붙박이 되어간다.

[해설]

곶감 농사도 완전히 망가졌습니다. 새로운 부부 사이도 신통치
가 않았습니다. 하는 일마다 잘 안되었습니다. 참으로 딱한 처
지가 되어 백방으로 궁리해 보았지만 살아갈 힘과 동력을 잃었
습니다. 녹아내린 감, 낮게 저민 안개, 엄마 손 놓친 사슴, 짓누
른 먹구름, 세찬 바람, 길 잃은 철새로 결국 생을 내려놓게 된
쓰리고 아픈 사연을 소개한 시입니다. 하지만 주인 잃은 배추밭
은 풍작이지만 추수하지 못한 붙박이로 남아 있음을 시로 표현
한 것입니다.

6. 나는 네가 아니잖아

너는 머리부터 넣어
셔츠를 입지만
나는 두 팔부터 셔츠를 입지

너는 북적이는
시장 골목을 즐겨 찾지만

나는 오붓한 오솔길을 좋아하지

너는 왼발부터 넣어
바지를 입지만
나는 오른발부터 바지를 입어

지빠귀는 이른 아침
개울가를 찾아 목을 적시지만
유리딱새는 대낮에 더운 얼굴을 씻지

아침에 퇴근해도
그림자는 낮을 닮아 설치고
저녁에는 그림자도 잠을 자지

왜 그러지
나는 네가 아니잖아
하나뿐인 작품은 둘이 아니잖아.

[해설]

어느 날, 저자가 바지를 입는데 항상 하던 습관대로 오른발부터
껴입는 것을 발견하게 됩니다. 왼발부터 입어보려고 했는데 왼
발부터 바지를 껴입으면 어딘지 모르게 불완전한 모습을 발견
한 것입니다. 어떤 사람은 티셔츠를 입을 때 머리부터 입는 사
람이 있는가 하면 어떤 사람은 팔부터 껴입는 사람이 있습니다.
취미생활이나 좋아하는 기호 역시 개인마다 다릅니다. 개인적

인 습관이 반복되다 보면 자연스럽게 그것이 개인 성향으로 발전하게 됩니다. 개인적인 습관의 차이와 다름을 서로 이해해 주고 인정해 주는 것이 좋을 듯합니다.

7. 참나리꽃

토양도 필요하지 않았어
그저 마음만 있으니 거기에만 필 거야
시장기 달래려 유리새 꽃술 먹기 전
영롱한 자태에 취해 그만 돌아가 버렸어
수분도 필요하지 않았어
그저 시간만 있으니 거기에만 필 거야

밀려갔다 밀려오는 반복의 순간들로
하루 종일 안개비 과학은 밑창을 깔아버렸어
착한 햇살만이 필요했어
그저 한적한 갯바위 거기에만 필 거야

이성은 차디찬 골방의 연기 수준
광섬유 뿌리가 바위를 부숴버린 노동이었어
파도 부서지는 공간만이 필요했어
그저 누가 와서
올려다보는 거기에만 필 거야

생명의 힘은
이미 다 알아버린 수험생의 진실
나도 분홍 얼굴하고 섬마을 역사를 기록할 거야.

[해설]

어청도교회에서 목회할 때입니다. 둘레길을 산책하던 중 분홍
빛 참나리꽃 두세 송이가 갯바위 사이에 피어 있는 모습을 보
게 되었습니다. 그렇다고 변변치 않은 물이나 흙도 없이 어떻게
아름다운 꽃을 갯바위에서 피어날 수 있을까? 생명이란 참으로
강인하다고 생각했습니다. 다음 해, 그다음 해에도 갯바위 위에
4월이면 어김없이 참나리꽃이 피었습니다.(표지사진)

여름 참 예쁘지

2025년 4월 25일 인쇄
2025년 4월 30일 발행

지은이 / 박명수
펴낸곳 / (주)대한출판
등록번호 / 2007년 6월 15일 제 3호
주소 / 충북 청주시 청원구 북이면 내수로 796-68
전화 / 043) 213-6761

ISBN 979-11-5819-107-8 03800
값 13,000원

◈ 이 책은 대한기독문인회 빛누리출판 사업으로
  (주)대한출판의 지원을 받아 발간하였습니다.
● 잘못된 책은 바꿔드립니다.